LILI
NE
TOUCHE A RIEN
PELLERIN & Cie
ÉPINAL.

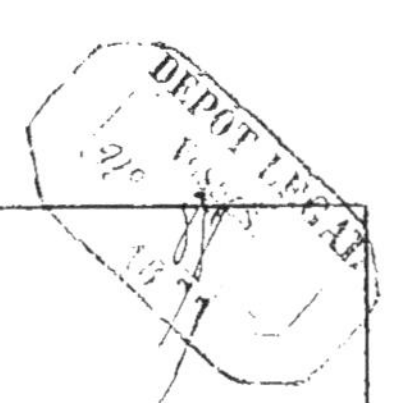

LILI NE TOUCHE A RIEN

par Gilbert.

Dessins de E. Morel

PELLERIN & Cie ÉDITEURS

A ÉPINAL

(Déposé). P.V.

LILI NE TOUCHE A RIEN.

Voilà cette petite Lili qui vient encore de désobéir : Lili a renversé le pot au lait sur sa belle robe : Oh, la vilaine enfant, qui n'écoute rien et qui touche à tout !

Allez vous déshabiller dans la cuisine, Mademoiselle, et priez Catherine de faire sécher votre vêtement : Vous êtes affreuse en cet état, et votre camarade Jeanne, qui doit venir tout-à-l'heure, ne voudra certainement pas jouer avec une fille aussi malpropre.

— Qui fait ce tapage au premier? Catherine, veuillez avoir la complaisance d'aller voir ce qui se passe là haut.

— Ne vous dérangez pas, Catherine, et voyez sur l'escalier Mademoiselle Lili qui nous arrive saignant du nez et le tablier en lambeaux.

Cette gentille enfant, qui promet sans cesse de ne rien toucher, a voulu faire marcher le tour de son oncle; la roue a déchiré le tablier et la corde a frappé le nez de la désobéissante.

Voyez un peu dans quel état elle est.....

— C'est bien fait !

Voici Jeanne qui arrive: Bonjour, chère mignonne, embrasse moi.

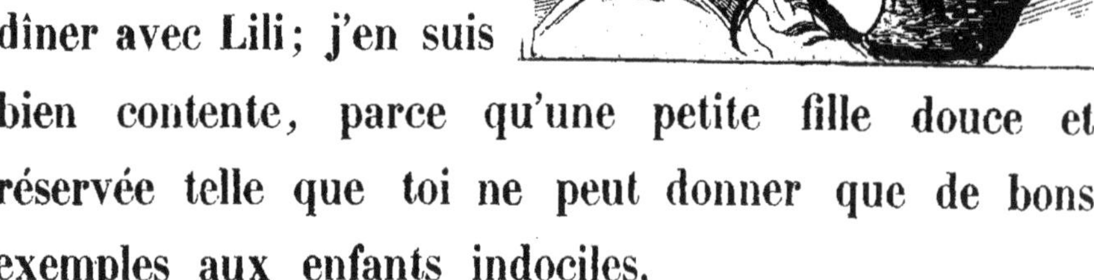

—Tu viens passer l'après-dîner avec Lili; j'en suis bien contente, parce qu'une petite fille douce et réservée telle que toi ne peut donner que de bons exemples aux enfants indociles.

— Va chercher Lili dans sa chambre, tu la trouveras avec sa bonne qui lui change son vêtement pour la troisième fois depuis ce matin.

— Ce n'est pas toi, ma belle, qui voudrais causer autant de soucis à ta maman.

Tu es trop gentille pour cela.

Il faut que je te montre la belle poupée que mon parrain m'a donnée le jour de ma fête : N'est-ce pas qu'elle est jolie?

Elle marche sur des roulettes et valse en même temps.

Il est bien gentil, mon parrain, mais un peu sévère.

—Imagine-toi, qu'il m'a prévenue que si je touchais aux choses qui me sont interdites, il me reprendrait son cadeau; heureusement qu'il est absent depuis huit jours, sans quoi je ne pourrais pas te montrer cette charmante demoiselle.

—Je t'en prie, Lili, n'ouvre pas cette porte, tu vois bien qu'elle est fermée aux verroux.

—Mais on ne m'a pas défendu de l'ouvrir.

— Je te demande pardon, les enfants ne doivent toucher qu'aux objets qui leur appartiennent.

—Tant pis, je veux regarder par la ruelle si les parents de Marcelin sont arrivés.

—Jeanne! Lili! où êtes-vous?

—Nous voici, madame: Lili, arrive bien vite, ta Maman nous appelle.

Je devine pourquoi : va toujours en avant, je te suis.

Dépêche-toi, et n'oublie pas de fermer la porte.

Elles sont délicieuses ces petites brioches : vraiment, Lili, ta Maman nous gâte ; la mienne ne me donne jamais de ces douceurs.

Elle dit que les enfants pauvres ne doivent pas s'accoutumer à manger des friandises.

— Eh bien, moi, je les trouve trop sèches, ces brioches ; elles demandent un peu de gelée de groseilles : attends, je vais t'en aller chercher dans l'armoire.

— Je n'en veux pas.

— Si tu n'en veux pas, tu les laisseras.

— Lili, tu n'es pas sage et tu seras grondée.

— Bien sûr que non : on me donne toujours des confitures avec les brioches.

Maintenant, viens jouer à la raquette dans le vestibule; attention, c'est moi qui commence.

—Lili, n'entends-tu pas ta bonne qui se lamente?

—Laisse-là crier, c'est son habitude.

—Madame, Madame!

—Qu'est-il arrivé, Catherine?....

—Le chat s'est glissé dans l'armoire et n'en veut plus sortir; il a déjà brisé beaucoup de porcelaines.

—Qui donc s'est permis d'ouvrir ce meuble?

—Est-ce toi, Jeanne?

—Oh non, Madame.

—C'est donc toi, Lili, incorrigible enfant; vous serez sévèrement punie; je révélerai votre conduite à mon frère qui vient d'arriver.

—Là, vois-tu, je te l'avais bien dit : ta Maman sera fâchée.

—Je n'ai guère peur; elle me gronde souvent, mais elle oublie toujours de me punir, quand mon oncle n'est pas là.

—Je t'assure que Maman n'aurait pas autant de patience que la tienne, et qu'elle n'oublierait pas de me punir si j'avais le malheur de lui désobéir.

— J'entends Catherine qui bougonne encore : descendons jouer sur la pelouse, et si Marcelin est arrivé, nous l'appellerons pour faire une partie de CACHE-CACHE.

Au secours! au secours! je suis morte : chasse le, il va me dévorer.

— Catherine! Catherine! venez vite, c'est un gros chien qui s'est jeté sur Lili et qui la roule dans l'herbe : va-t'en, méchante bête. — Ici, Sultan.

— Rassurez-vous, Mesdemoiselles, les chiens de Terre-neuve ne font jamais de mal aux enfants.

Celui-ci est jeune et demande à jouer.

— Mais, comment le chien de nos voisins a-t-il pu s'introduire dans la maison? Que vois-je? La porte du jardin ouverte : quelle imprudence!

Ma bonne Catherine, ne le dis pas à Maman, je t'en prie.

Votre Maman sait tout sans qu'on le lui dise.

Voici d'ailleurs Marcelin qui entre par cette porte et sa présence vous trahira.

—Bonjour Lili, bonjour Jeanne, bonjour Catherine; vous jouez avec Sultan : je suis de la partie.

—Pourquoi laissez-vous la porte de la ruelle ouverte?

— On dit qu'il y a beaucoup de maraudeurs en ce moment dans le pays, mais il ne s'agit pas de cela.

— Vous savez que nous sommes arrivés à huit, cinq garçons et trois filles, et je viens vous chercher.

Où est ta Maman, Lili ? Je vais aller lui demander la permission de t'emmener chez nous avec Jeanne.

Non, pas moi, je vais m'en retourner à la maison.

Maman m'a dit de rentrer avant quatre heures.

Tu ne t'en iras pas; nous te reconduirons ce soir et Catherine t'excusera auprès de ta Maman.

C'est impossible, Lili, Maman est toute seule au logis. — Enlevé, Lili, j'ai obtenu la permission de ta Maman : Quelle partie monstre nous allons faire. Ran tan plan, tire lire ! Comme nous allons rire. Mais, qu'a donc Sultan pour aboyer de la sorte ?

C'est du côté de la serre, allons y voir : Catherine, venez avec nous.

Ah mon Dieu ! c'est un homme de mauvaise mine qui cherche à se cacher derrière les paillassons : s'il allait nous assassiner ?

Sauvons-nous.

— Marcelin, allez tout de suite chercher votre Papa. — Oui, Catherine, et je lui dirai de prendre son grand sabre et ses pistolets.

Lili, ne criez pas ainsi, vous allez épouvanter votre Maman. Ah, Catherine, j'ai bien peur : si cet homme sortait de la serre !

Ne craignez rien, Sultan le tient en arrêt.

Que se passe-t-il là-bas et pourquoi ce tumulte?

Dieu soit loué! c'est le frère de Madame, nous sommes sauvés.

— Lili, voilà votre parrain, courez bien vite l'embrasser.

— Je n'ose pas l'embrasser quand je n'ai pas été gentille.

— Quel est cet homme qui vient de sortir par le haut de la serre et qui a sauté par-dessus le mur? Le connaissez-vous? Personne ne me répond : Catherine ne m'entendez vous pas?

— Pardon, Monsieur, je vais tout vous apprendre.

— Tais-toi, ma bonne Catherine, tais-toi, je t'en conjure.

Victoire! Sultan a rattrapé le voleur et l'a terrassé dans la ruelle.

Papa le tient en respect en attendant les gendarmes qu'on est allé chercher. — Marcel, conduis moi auprès de ton père. — Venez, Monsieur, c'est tout près d'ici. — Un voleur, des gendarmes! et les Magistrats qui vont venir nous interroger : quelle terrible affaire!

Ah! Lili, Lili, qu'avez vous fait? Votre pauvre Maman qui ne peut supporter aucune émotion, en deviendra malade : Voyez où peut conduire la désobéissance? — Ma bonne Catherine, je ne le ferai jamais plus, je te le promets.

— Marcelin, mon garçon, va rejoindre ta société et amuse toi bien.

Tu diras à tes compagnons que Lili est en pénitence et ne jouera pas de longtemps.

Et toi, ma bonne petite Jeanne, reçois cette jolie poupée que je reprends à ton indigne amie.

Mademoiselle, reconduisez votre camarade et revenez au plus vite commencer votre punition.

— Sois tranquille, Lili, je te rendrai ta poupée.

— Non, garde la; tu la mérites mieux que moi.

— Adieu, Jeanne, quand tu reviendras, je t'assure que tu me trouveras entièrement corrigée.

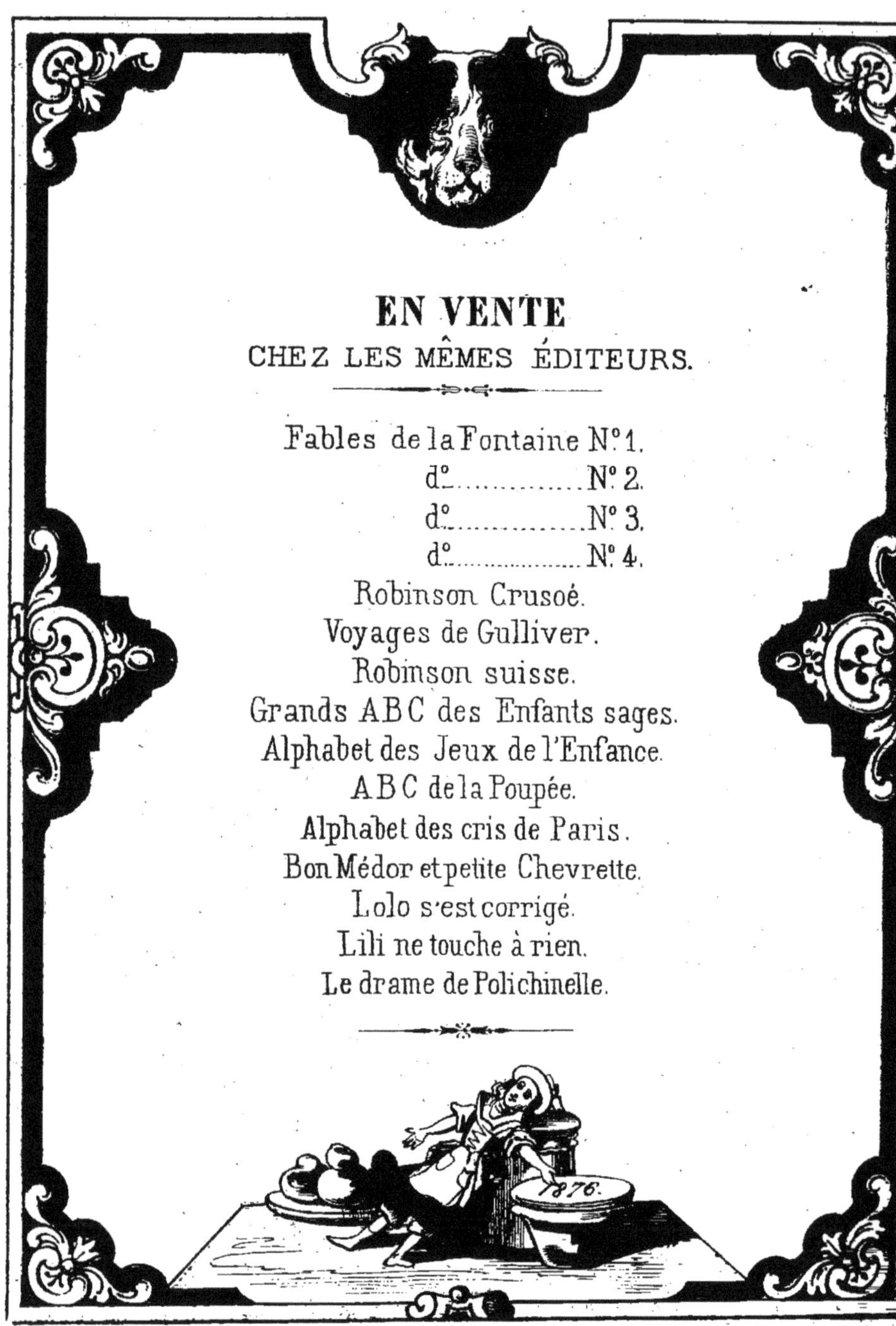

EN VENTE

CHEZ LES MÊMES ÉDITEURS.

Fables de la Fontaine N° 1.

d° .... N° 2.

d° .... N° 3.

d° .... N° 4.

Robinson Crusoé.

Voyages de Gulliver.

Robinson suisse.

Grands ABC des Enfants sages.

Alphabet des Jeux de l'Enfance.

ABC de la Poupée.

Alphabet des cris de Paris.

Bon Médor et petite Chevrette.

Lolo s'est corrigé.

Lili ne touche à rien.

Le drame de Polichinelle.

www.ingramcontent.com/pod-product-compliance
Ingram Content Group UK Ltd.
Pitfield, Milton Keynes, MK11 3LW, UK
UKHW020457220726
13923UKWH00006B/2610

9 782019 262549